Un giorno

alison mcghee   peter h. reynolds

Un giorno

Un giorno ho contato
le tue piccole dita
e le ho baciate una ad una.

Un giorno, mentre scendevano i primi fiocchi di neve, li h

guardati sciogliersi sulla tua pelle di bimba.

Un giorno abbiamo attraversato la strada
e mi hai stretto forte la mano.

Sei stata la mia piccolina.

E adesso sei la mia bambina.

A volte, quando dormi, ti guardo sognare

e sogno anch'io...

... che un giorno ti tufferar

ell'acqua chiara e fresca di un lago.

Un giorno attraverserai
una foresta fitta e scura.

Un giorno proverai

ha gioia così intensa da farti brillare gli occhi.

Un giorno

correrai veloce, lontano e il tuo cuore batterà all'impazzata.

Un giorno ti spingerai in alto, così in alto, pi

di quanto non avresti mai osato immaginare.

Un giorno conoscerai
la tristezza e imparerai
a superare il suo dolore.

Un giorno regalerai al vento

una canzone, e il vento la porterà con sé.

Un giorno andrai per la tu

trada e ti seguirò con lo sguardo fino a non vederti più.

Un giorno, guardando questa casa, ti chiederai come

qualcosa di così grande possa sembrare tanto piccolo.

Un giorno sentirai
un peso leggero
sulla tua forte schiena.

Un giorno
ti guarderò pettinare
la tua bimba.

Un giorno, molto lontano
nel tempo, i tuoi capelli
brilleranno d'argento nel sole.

E quel giorno, bambina mia,
ti ricorderai di me.

A Gabrielle Kirsch McGhee,
con amore e rispetto
A. M.

A Hazel Gasson Reynolds,
madre saggia e meravigliosa
P. H. R.

Testo © 2007 Alison McGhee
Illustrazioni © 2007 Peter H. Reynolds
Versione Italiana © 2007 Adriano Salani
Editore s.u.r.l., **dal 1862**
Gruppo editoriale Mauri Spagnol, Milano
Pubblicato in accordo con Atheneum
Books for Young Readers
un marchio di Simon & Shuster
Children's Publishing Division
1230 Avenue of the Americas, New York,
NY 10020

ISBN 978-88-9309-122-0

Stampato in Cina
Prima ristampa luglio 2018

Traduzione di Marinella Barigazzi